AF503130

LE
SERMENT

PAR

Mlle GABRIELLE DE ***

TOURS

A. MAME ET Cie, IMPRIMEURS-LIBRAIRES

BIBLIOTHÈQUE DES ÉCOLES CHRÉTIENNES

Ami de l'Enfance (l').

Animaux remarquables (les), par C. G.

Armande, par Mme la C^{sse} de la Rochère.

Auguste et Paul, ou la Gourmandise punie, par Stéphanie Ory.

Aveugle de Marcenay (l'), ou la Désobéissance punie, par Just Girard.

Croix de Perles (la), suivi de la Robe blanche et de les Deux Sœurs, par Mlle Gabrielle de ***

Berthilde, par Mme la C^{sse} de la Rochère.

Bonne Tante (la), par M. E.

Deux Cousines (les), suivi de une Prévention par Mlle Gabrielle de ***

Deux Marie (les), ou les Étrennes, par Stéphanie Ory.

Dix Contes pour l'Enfance, par Mme C. G

Doigt de Dieu (le), par Ch. M.

Édouard et Henri.

Famille Bellefond (la), par Mme Fanny de Mouzay.

Françoise, ou la jeune Indienne, par Stéphanie Ory.

Georges, ou le Choix d'un état, par Stéphanie Ory.

Gertrude Aubert, ou la Bonne petite fille, par Stéphanie Ory.

Honnête Ouvrier (l'), par Mme la C^{sse} de la Rochère.

Hortense, ou Grandeur et Infortune, par Stéphanie Ory.

Jeune Meunière (la), par Mme Camille Lebrun.

Laurent le Paresseux, par M. E.

Leçon de Charité (la), par Mme Fanny de Mouzay.

Leçons pour les Enfants, par Miss Barbault.

Lectures pour l'Enfance, par Mme Fanny de Mouzay.

Marcel et Justin, ou les petits Négociants, par Just Girard.

Mémoires d'une Grand'Mère (les), par Mme la V^{sse} de Saint-P***

Norbert, ou le Danger des mauvaises plaisanteries, par Stéphanie Ory.

Petit Matelot (le), par Mme Césarie Farrenc.

Récits du vieux Soldat (les), dédiés à l'enfance.

Serment (le), par Mlle Gabrielle de ***.

Soirées instructives et amusantes, par Mme de ***.

Tante Ursule (la), par Mme la V^{sse} de Saint-P***.

Victor et Jacques, ou les Suites de la Paresse, par J. Girard.

Voyage en Californie, par H. de Chavannes.

BIBLIOTHÈQUE

DE LA

JEUNESSE CHRÉTIENNE

APPROUVÉE

PAR Mgr L'ARCHEVÊQUE DE TOURS

—

2e SÉRIE IN-18

1

LE
SERMENT

PAR

Mᵐᵉ GABRIELLE DE ***

NOUVELLE ÉDITION

TOURS

ALFRED MAME ET FILS, ÉDITEURS

1878

LE SERMENT

I

La promesse faite à un mourant
est chose sacrée.

N***.

C'était par une froide soirée de novembre. Une femme jeune encore était étendue sur un lit qu'entouraient des draperies de couleur sombre. Il faisait nuit;

la lampe suspendue au plafond répandait une lueur blafarde et presque lugubre dans la chambre où reposait cette femme, et éclairait une scène touchante.

A genoux au pied du lit, deux jeunes filles de douze à quatorze ans donnaient toutes les marques d'une vive douleur.

« Chères enfants, dit une voix épuisée, consolez-vous, notre séparation ne sera pas éternelle.

— Oh! ma mère! oh! ma bonne mère! ne nous quittez pas!

s'écrièrent les deux pauvres petites en joignant les mains.

— Hélas! mes pauvres amies, l'heure est venue où je dois paraître devant mon souverain juge; je suis prête, je me suis réconciliée avec lui : puisse-t-il me faire miséricorde!

« Claire, Pauline, une dernière fois à genoux; votre mère veut vous bénir... Seigneur, je mourrais heureuse, si tous mes enfants se trouvaient réunis dans cet instant suprême. »

La mourante achevait à peine sa phrase, que la porte s'ouvrit, donnant passage à un jeune homme, qui vint tomber à genoux auprès des deux jeunes filles.

« Antonin, mon fils !... Dieu, soyez béni ! vous exaucez mon dernier vœu.

— Ma pauvre mère, comme vous êtes changée ! s'écria le jeune homme en couvrant de baisers le front décoloré de la mourante.

— Antonin, je vais mourir; ne m'interromps pas, mon fils, je vais mourir. Je te confie tes deux sœurs; sois leur père; aime-les comme ton père les aima, comme je les aime... Claire, Pauline, obéissez à votre frère comme à moi-même; soyez pour lui des amies attentives et dévouées. Chers enfants, du haut du ciel je vous verrai, et vous bénirai comme je le fais en ce moment. »

Les têtes des trois jeunes gens

s'inclinèrent sous la main de leur mère mourante.

« Soyez heureux, enfants bien-aimés. Puissent toutes les bénédictions du Ciel descendre sur vous ! »

Elle ne dit plus rien ; sa tête se pencha en arrière. Les trois jeunes gens poussèrent un cri déchirant, et s'élancèrent vers leur mère.

A l'immobilité de ses membres, à son horrible pâleur, Antonin devina l'affreuse vérité.

« L'âme de notre mère est

devant Dieu, mes sœurs, dit-il en étouffant un sanglot, prions pour elle.

— Ma mère est morte ! » s'écria Pauline, la plus jeune des deux sœurs ; et elle tomba évanouie dans les bras de son frère.

« Reste à prier près de notre mère, ma sœur, dit Antonin ; pendant que je vais conduire Pauline dans sa chambre.

— J'ai peur, murmura Claire ; ne me laisse pas seule, je t'en prie. »

La jeune fille parlait encore, lorsqu'une vieille femme parut sur le seuil. Elle jeta un rapide regard autour d'elle, et joignant les mains douloureusement :

« Oh ! ma bonne maîtresse ! s'écria-t-elle, tout est donc fini, je ne vous verrai plus ! »

Puis les yeux de la vieille femme se portèrent sur Pauline, évanouie entre les bras de son frère.

« Seigneur, murmura-t-elle, voudriez-vous encore nous enlever celle-ci, qui est si bonne et si jeune !

« — Yvonne, prends soin de ma sœur, emmène-la d'ici. »

La vieille bonne prit dans ses bras la jeune fille, et l'emporta dans une autre pièce, où elle ne tarda pas à reprendre ses sens.

Antonin priait et pleurait auprès des restes de sa mère. Claire ne pleurait pas, mais elle était pâle ; elle tremblait ; l'aspect de la mort lui inspirait une terreur insurmontable. La sueur perlait sur son front, un cri s'échappa de ses lèvres.

« Qu'as-tu, ma sœur? » demanda Antonin à voix basse.

Claire tressaillit, et passa à plusieurs reprises sa main sur son front.

« Ce n'était qu'un rêve, murmura-t-elle. Oh! j'ai eu grand'peur!

— Ma pauvre sœur, tu es bien pâle; retire-toi, je prierai seul auprès de notre mère; tu as besoin de prendre du repos. Va-t'en, Claire, va-t'en. »

La jeune fille se leva, et sortit après avoir jeté un dernier regard sur le lit mortuaire.

Antonin passa la nuit en prières ; mais il ne fut pas constamment seul ; Yvonne, la fidèle servante, était venue se joindre à lui.

Le lendemain eurent lieu les funérailles : Pauline n'y assista pas. Le coup qui l'avait frappée était trop fort pour sa faiblesse ;

pendant plus d'un mois on déses-
péra de la rappeler à la vie.

Quand la jeune fille fut entièrement rétablie, Antonin prit
avec elle et avec Claire le chemin
de l'appartement de leur mère.
Évidemment le jeune homme
avait quelque projet; mais ni
Claire ni Pauline ne le connaissaient.

Antonin ouvrit la porte de
cette chambre, où nul n'était en-
tré depuis la nuit fatale qui avait
fait trois orphelins. Le cœur des

deux jeunes filles battait bien fort.

Antonin entra le premier. Rien n'avait été dérangé dans cette chambre : le lit était toujours entouré de ses épaisses draperies ; le métier à ouvrage, le rouet chargé de laine attendaient dans un coin ; sur le prie-Dieu, le livre d'heures était encore ouvert ; sur le bureau se voyait un petit paquet cacheté de cire noire.

Antonin et Pauline tombèrent à genoux au milieu de la

chambre, Claire les imita; puis tous les trois se relevèrent, et confondirent leurs baisers et leurs larmes.

« Ce n'est pas sans intention que je vous ai conduites ici, mes bonnes sœurs, dit Antonin lorsque l'émotion se fut un peu calmée; j'ai voulu lire les volontés de notre mère dans la chambre où elle rendit le dernier soupir...; j'ai voulu vous entendre renouveler ici le serment que vous y avez déjà fait de suivre en tout point les conseils et les ordres de celle qui n'est plus. »

Le jeune homme prit sur le bureau le paquet cacheté, brisa l'enveloppe, et lut d'une voix altérée ce qui suit :

« Mes enfants bien-aimés,
« quand vous ouvrirez ce papier
« j'aurai cessé de vivre ; mais
« du haut des cieux je conti-
« nuerai de veiller sur vous.
« Chers enfants, que la paix et

« la concorde soient toujours
« parmi vous. Antonin, comme
« l'aîné et le chef de la famille,
« je te recommande tes sœurs :
« veille sur elles, sois un père
« pour elles. Mes filles, obéissez
« à votre frère ; aimez-le. Que
« la plus parfaite union règne
« entre vous tous, enfants bien
« chers, et n'oubliez jamais qu'a-
« vant. toutes choses c'est Dieu
« que vous devez placer.

« Souvenez-vous des leçons
« de piété que vous donnèrent

« vos parents; ne vous écartez
« jamais du sentier de la vertu
« et de l'honneur.

« Vivez toujours ensemble,
« ne vendez jamais le manoir de
« nos pères; c'est là que vous
« êtes nés; cet asile doit vous
« être cher.

« Vous n'êtes pas riches, mes
« enfants; mais le peu que vous
« avez vous suffira pour mener
« une existence paisible et faire
« quelques heureux autour de
« vous.

« Telles sont mes volontés
« dernières. Les volontés d'une
« mère sont sacrées; je ne doute
« pas que vous ne vous y confor-
« miez tous, mes enfants bien-
« aimés.

« Adieu, priez pour votre
« mère,

« FÉLICIE-ANTOINETTE

« DE BOIS-GERFAUT,

« née DE FÉRASTEL. »

Les larmes coulèrent de nouveau lorsque Antonin eut achevé sa lecture.

« Mes sœurs, vous jurez d'obéir à notre mère? demanda-t-il en leur serrant les mains.

— Peux-tu en douter, mon frère? dit Pauline en sanglotant.

— Je promets, » dit simplement Claire.

Le jeune homme entraîna aussitôt ses sœurs hors du lieu funèbre; car il redoutait pour Pauline les suites d'une violente émotion.

II

Qu'on nous permette de jeter un coup d'œil en arrière.

M⁰ᵉ de Bois-Gerfaut, veuve de très bonne heure, s'était retirée dans un vieux castel appartenant à son mari, où elle s'était consacrée entièrement à l'éducation de ses quatre enfants. L'un d'eux, la douce Geneviève, lui avait été enlevée à l'âge de quatorze ans.

Lorsque son fils Antonin eut atteint sa douzième année, elle le mit au collège de Redon. C'était un fort aimable enfant qu'Antonin de Bois-Gerfaut. Il était doué du plus charmant caractère qui se pût rencontrer. Aussi Mᵐᵉ de Bois-Gerfaut était-elle fière et heureuse de l'avoir pour fils.

Pauline, la plus jeune de ses

filles, marchait sur les traces de Geneviève; mais il n'en était pas ainsi de Claire.

Claire avait un caractère inégal, fantasque et orgueilleux, qui la rendait insupportable à tout le monde. Ce n'est pas qu'elle fût foncièrement méchante; mais ses nombreux défauts ternissaient toutes ses bonnes qualités.

Le château de Bois-Gerfaut était situé tout près de la ville de Guérande, en Bretagne; il était tout à fait isolé au milieu d'un bois de châtaigniers. Il datait d'une époque déjà éloignée, et, quoiqu'il eût été souvent réparé, plusieurs parties tombaient en ruines. Le lierre envahissant l'entourait de ses rameaux grimpants, et la giroflée et la pariétaire montraient leurs fleurs au sommet des tourelles. C'était un triste séjour, et pourtant Antonin et Pauline s'y trouvaient heureux; ils préféraient leur pauvre vieux manoir de

Bretagne aux habitations de ville les plus élégantes. Mais Claire ne partageait pas leurs sentiments à cet égard.

Dans ses songes dorés, Claire avait vu souvent passer une brillante image, l'image de la grand'ville, comme on dit au bon pays de Bretagne, Paris! Et quel enfant n'a rêvé de ce beau Paris? Qui ne s'est plu à le revêtir des formes les plus merveilleuses, les plus séduisantes?

« Oh! que j'aimerais à voir

Paris! répétait souvent Claire: on dit que c'est si beau! »

Elle n'était jamais sortie de la Bretagne; elle ne connaissait d'autre ville que Guérande et Redon, qui n'approchaient point de celle qu'elle avait tant de fois vue dans ses rêves.

A dix-huit ans, Antonin sortit du collège. Il n'était nullement fixé encore sur le choix d'une carrière. Celle des armes lui semblait la plus belle; mais sa bonne mère ne consentirait jamais à se séparer de son fils pendant des années... Et, avant tout, à quels dangers ne le verrait-elle pas exposé!

Après avoir beaucoup réfléchi, Antonin s'était décidé à étudier la médecine, et dans cette intention il était parti pour Paris. Quand son frère écrivait, Claire lisait et relisait ses lettres : Antonin disait de si belles choses sur la ville qu'il habitait!

De son côté, il recevait souvent des lettres de Bretagne. Une fois pourtant, plusieurs semaines s'écoulèrent sans qu'il lui parvînt aucune nouvelle. Enfin une lettre arriva; Antonin reconnut l'écriture mal assurée de Pauline. Son cœur se serra comme si un secret pressentiment l'eût averti de ce qu'elle pouvait contenir.

La jeune fille lui disait: « Notre « pauvre mère est bien malade, « mon bon frère; viens vite à « Bois-Gerfaut. Hélas! elle parle « de mourir! »

Un cri douloureux s'échappa de la poitrine d'Antonin. En toute hâte il reprit le chemin de la Bretagne. Après trois ans d'absence, il ne devait se retrouver avec sa mère que pour recevoir sa dernière bénédiction.

Lorsque Mme de Bois-Gerfaut eut succombé, Antonin ne retourna pas à Paris; il se conforma aux volontés de sa mère, qui ordonnait à ses trois enfants de toujours vivre ensemble. Et d'ailleurs, comment abandonner ces deux pauvres orphelines, dont l'aînée n'avait pas quinze ans, et dont la plus jeune en comptait à peine treize?

Pourtant Antonin pouvait maintenant suivre son penchant, et embrasser l'état militaire, puisqu'il n'avait plus à redouter les terreurs de sa mère... Mais Antonin avait promis de servir de père à ses jeunes sœurs, et il avait un trop noble cœur pour manquer à sa promesse.

Le jeune de Bois-Gerfaut n'avait que vingt-deux ans ; mais il avait la raison et la sagesse de l'âge mûr ; il se fit le précepteur de Claire et de Pauline, en même temps qu'il était leur conseiller et leur ami.

Pauline, docile et soumise, profitait de ses leçons et de ses conseils ; Claire, étourdie, inappliquée, non seulement travaillait fort peu, mais encore trouvait étrange que son frère se permît de lui adresser parfois quelques réprimandes. Et pourtant Antonin ne parlait jamais qu'avec douceur lorsqu'il faisait ses observations.

Mais Mlle Claire était fort peu patiente ; puis, nous l'avons dit, elle avait un si singulier caractère ! Quant à Pauline, elle savait un gré infini à son frère des peines qu'il prenait pour elle : cette jeune fille avait un cœur sensible et reconnaissant.

Les deux sœurs étaient également chères à Antonin ; néanmoins il ne pouvait s'empêcher d'établir entre Claire et Pauline une comparaison qui se trouvait tout à l'avantage de cette dernière.

Un an se passa sans apporter aucun changement dans la vie des trois jeunes gens : vie pleine de charmes pour Antonin et Pauline, qui se plaisaient dans la solitude; vie pleine d'ennuis pour Claire, qui aimait le mouvement et le bruit.

La douleur des orphelins s'était à peu près calmée. Ils n'avaient point oublié leur bonne mère, et chaque jour son nom revenait bien des fois sur leurs lèvres; mais ce souvenir n'était plus aussi amer: Dieu permet que le désespoir ait un terme. Ils allaient souvent prier sur sa tombe, et s'entretenaient du doux espoir de la revoir un jour.

L'année qui s'était écoulée avait profité à Pauline. Grâce à Antonin, elle n'était plus une petite fille ignorante; elle avait beaucoup appris, et elle espérait

bien apprendre encore. Claire n'a-
vait pas fait de progrès notables ;
et, quoiqu'elle eût près de seize
ans et qu'elle se donnât des airs
de grande demoiselle, elle était
fort peu instruite.

« Ma bonne Claire, tu as tort
de ne pas travailler, lui disait souvent son frère ; nous ne savons
pas ce que l'avenir nous garde,
et l'instruction est une fortune
que les plus grands revers ne
peuvent enlever. »

Mais Claire traitait son frère

de sermonneur, et se moquait de ses avis.

Pauline devenait de jour en jour plus aimable et plus charmante. Entre Guérande et Saillé, son nom était dans toutes les bouches. Elle était si charitable ! Que de fois on l'avait vue entrer furtivement dans les chaumières pour y porter des secours et des consolations !

« C'est un ange égaré sur la terre, disaient les bons paysans bretons dans leur naïf et pittoresque langage. Pourvu qu'il ne s'envole pas comme se sont envolées Mme de Bois-Gerfaut et Mlle Geneviève, qui étaient de vrais anges pour le pays ! »

Et, comme autrefois la comtesse et sa fille aînée, Pauline allait aujourd'hui semant des bienfaits sur son passage.

Mais si elle avait la beauté et la bonté de sa mère et de sa sœur, elle avait aussi leur frêle organisation. Comme elles, elle était blonde, blanche et gracieuse,

mais mince et délicate. Elle n'avait pas, comme sa sœur Claire,
toute la force et toute la santé de
la jeunesse.

Claire aussi était belle; mais
elle n'avait pas cette douceur,
cette grâce touchante qui donnaient à Pauline un charme particulier. Ses yeux noirs pétillaient
de feu et de malice; on voyait
parfois errer sur ses lèvres un
sourire dédaigneux et fier.

III

Par un beau jour du mois de mai, Claire et Pauline se disposaient à faire une promenade aux alentours du château, lorsque la vieille Yvonne accourut tout effarée dans leur chambre.

« Venez vite, Mesdemoiselles,

il vient d'arriver deux dames dans une voiture superbe.

— Quelles sont ces dames, Yvonne? demanda Pauline. Ne les connais-tu pas?

— Ma fine, notre demoiselle, il me semble que je lès ai vues autrefois; mais je ne pourrais point dire leur nom.

— As-tu prévenu mon frère, ma bonne? demanda encore Pauline.

— M. Antonin est sorti, Mademoiselle. »

Les deux sœurs coururent au salon, où Yvonne avait introduit les deux étrangères.

Les jeunes filles leur firent une profonde révérence, tout en se demandant qui pouvaient être ces dames, qu'elles ne se souvenaient point d'avoir jamais vues.

A leur grand étonnement, les deux étrangères se levèrent à leur entrée dans la salle, et vinrent les embrasser chaleureusement.

« Ces chères petites, comme

elles sont grandes et gentilles! s'écria la plus âgée des deux: que je suis ravie de les voir! Mais je suis sûre qu'elles ne me connaissent plus. Je suis Mme de Mérainville, une cousine de votre mère : mon nom ne vous est pas étranger, sans doute?

— Non, Madame, répondit Claire.

— J'ai beaucoup voyagé depuis plusieurs années, et il y a seulement quelques mois que je suis en France, et que j'ai appris le malheur qui vous a frappées, mes pauvres petites.

— Hélas! Madame, nous sommes de malheureuses orphelines! » dit timidement Claire.

Pauline se détourna pour essuyer une larme.

« Il y avait bien longtemps que ma fille me suppliait de la mener en Bretagne, afin de faire connaissance avec ses jeunes cousines ; mais les circonstances ne m'avaient pas permis jusqu'ici de satisfaire ce désir. La mauvaise santé de mon fils me contraignait de rester presque continuellement en Italie. Grâce à Dieu, il est assez bien maintenant pour que son état ne me cause plus d'inquiétudes, et pour qu'il puisse achever de se rétablir à Paris.

— C'est donc à Paris que vous demeurez, Madame?

— Oui, ma chère enfant.

— C'est une bien belle ville? dit encore Claire.

— Oh! oui. Laquelle de vous deux est Claire, ou Pauline?

« — C'est moi qu'on appelle Claire, Madame.

— C'est que, mes chères petites, il y a si longtemps que je ne vous ai vues! mais nous allons refaire connaissance. Je vous demande l'hospitalité pour quelques jours, et votre amitié pour la vie. Aurélie est à peu près de votre âge, je désire que vous soyez de vraies et bonnes amies.

— Nous ne demandons pas mieux, Madame, » répliquèrent

les deux jeunes filles en tendant la main à Mme de Mérainville.

En ce moment Antonin rentrait de sa promenade, et fut on ne peut plus surpris de trouver les deux visiteuses.

Mme de Bois-Gerfaut et Mme de Mérainville étaient assez proches parentes; mais depuis bien des années leurs relations avaient cessé. Mme de Mérainville était une femme frivole, dont la société ne pouvait convenir à la pieuse et vertueuse comtesse de Bois-Gerfaut.

Antonin savait parfaitement le peu de cas que sa mère faisait de Mᵐᵉ de Mérainville. Néanmoins il s'efforça de lui faire un gracieux accueil.

Mˡˡᵉ Aurélie de Mérainville était une jeune fille pétrie d'orgueil; et ce n'était pas là son unique défaut. On lui avait tant répété qu'elle serait une riche héritière, que, fière de sa fortune, elle n'avait jamais voulu se donner la moindre peine pour apprendre ; aussi était-elle une franche ignorante.

Il y avait sous ce rapport une parfaite analogie entre Aurélie et Claire, avec cette différence que Claire avait un bon cœur, tandis qu'Aurélie avait un mauvais naturel.

Elles furent bientôt les meilleures amies du monde. La douce Pauline était avec Aurélie, comme avec tous ceux qui la connaissaient, aimable et gracieuse ; mais elle n'éprouvait pour elle aucune affection.

Quinze jours s'étaient à peine écoulés depuis l'arrivée de Mme de Mérainville, lorsqu'un matin Antonin trouva, au retour d'une promenade, Pauline qui pleurait au fond d'un petit bosquet.

Il s'approcha d'elle sans qu'elle s'en aperçût; et lui mettant la main sur l'épaule :

« Qu'as-tu, ma bonne sœur? lui demanda-t-il doucement;

quelqu'un ici t'aurait-il affli-
gée? »

Pauline avait fait un mouvement de frayeur; mais, reconnaissant son frère, elle sourit à
travers ses larmes.

« Je n'ai rien, mon ami, je
t'assure; je suis une enfant, voilà
tout. »

Antonin s'assit auprès de la
jeune fille et lui prit la main.

« C'est mal, Pauline, dit-il; tu
me caches quelque chose, à moi
ton meilleur ami.

— Ne te fâche pas, Antonin, mais c'est que vraiment je ne sais pas ce que j'ai à pleurer. »

Le jeune comte regarda attentivement sa sœur pendant quelques minutes; elle avait les yeux rouges et gonflés.

« Pauline, je te le répète, tu as du chagrin.

— Mon bon frère, je n'ai pas de chagrin; mais je ne sais pourquoi j'ai de tristes pressentiments, et c'est la seule cause de mes larmes.

— Explique-toi, Pauline. »

La jeune fille garda quelque temps le silence ; puis soudain :

« Mon bon Antonin, promets-moi de ne rien dire à Claire.

— Est-ce d'elle qu'il s'a-git ? »

Pauline fit un signe affirmatif.

« As-tu remarqué, mon frère, le changement qui s'opère chaque jour dans notre sœur depuis l'arrivée de Mme de Mérainville ?

— Toi aussi, tu t'en es donc aperçue? fit douloureusement le jeune homme.

— Que trop, hélas! Depuis qu'Aurélie est ici, Claire ne rêve que Paris, bals, festins et toilette. Ma cousine a vu le monde; elle lui a tant parlé des fêtes brillantes, des fastueuses réunions de la grande ville, que ma pauvre sœur se trouve plus à plaindre que jamais de notre isolement et de notre simplicité. C'est un grand malheur, Antonin!

— Oui, ma sœur; car, en admettant que notre fortune nous permît ces réjouissances si enviées de Claire, jamais je ne consentirais à la promener de fête en fête, de plaisir en plaisir; je sais trop bien que le bonheur n'est pas là. Notre père était un homme vertueux, notre mère était une sainte; l'un et l'autre m'ont mille fois conseillé de fuir ces réunions dangereuses, ces plaisirs trompeurs, qui trop souvent énervent le corps et perdent l'âme.

« — Claire s'abuse, mon frère; il faut la détromper.

— Je le voudrais, mon amie; mais le moyen? Elle a déjà repoussé mes affectueux conseils. J'essaierai pourtant encore; car je tiens à accomplir fidèlement les promesses que j'ai faites au lit de mort de notre mère.

— Cher Antonin, tu es le meilleur des amis! »

Pauline embrassa son frère, et essuya ses larmes. Ils rentrèrent ensemble au château, où ils trouvèrent Aurélie faisant admirer de magnifiques objets de toilette à Claire, tout en riant de sa simple robe noire et de son petit col de batiste.

Toutes ces beautés étalées par Aurélie amenaient des soupirs d'envie dans le cœur de la pauvre jeune fille.

« Aurélie est bien heureuse ! » murmurait-elle.

Mme de Mérainville se faisait un malin plaisir d'exciter la convoitise de sa cousine. Quant à

Pauline, elle se dérobait à l'influence d'Aurélie; quoi que celle-ci pût faire, elle conservait sa charmante simplicité.

« Pourquoi prenez-vous si peu soin de votre chevelure? disait parfois Aurélie à Pauline. Vous avez de beaux cheveux; si vous les attachiez comme je le fais, au lieu de les abandonner à leur fantaisie, votre figure y gagnerait beaucoup.

— Ma pauvre mère aimait ma coiffure, répliquait tristement

Pauline; elle aimait à passer ses doigts dans ces boucles qui sans doute vous déplaisent. »

Claire avait suivi le conseil d'Aurélie; elle ne portait plus les cheveux bouclés, elle avait fait choix d'une coiffure beaucoup plus prétentieuse, mais beaucoup moins jolie.

Après trois semaines de séjour à Bois-Gerfaut, Mᵐᵉ de Mérainville annonça son départ. Elle sollicita vivement ses jeunes parents de venir passer quelque temps chez elle.

« Votre offre nous honore, Madame, répondit Antonin, mais après la perte si récente que nous avons faite, nous ne pouvons que désirer la solitude.

— Laissez-moi croire que vous ne vivrez pas toujours en ermite, mon cher Antonin, et que vous m'amènerez ces gentilles fillettes, afin que nous puissions leur faire faire ample connaissance avec la grande ville. »

Claire trouvait Antonin parfaitement ridicule, elle qui aurait tant voulu connaître ce cher Paris.

Aurélie s'était prise d'une belle amitié pour Claire; elle supplia sa mère de l'emmener à Paris, non seulement pour y passer quelques mois, mais pour y rester toujours avec elle.

Mme de Mérainville ne savait rien refuser à sa fille.

« Seriez-vous bien aise d'être la sœur d'Aurélie, ma chère pe-

lite, et de ne jamais la quitter?
demanda-t-elle à Claire la veille
de son départ.

— Oh! ma tante, vous savez
combien j'aime ma cousine! »

Mme de Mérainville lui fit alors
part du projet que sa fille avait
conçu de l'emmener à Paris, et
qu'elle approuvait de tout son
cœur.

Claire poussa une exclamation
de joyeuse surprise. Mais, il faut
le dire à sa louange, une réflexion
fit taire l'élan de sa joie.

« Il faudra quitter Antonin et Pauline, dit-elle.

— Vous viendrez les voir, ma chère Claire; mes enfants et moi nous nous ferons un véritable plaisir de vous accompagner à Bois-Gerfaut. Allons; je vais de ce pas vous demander à votre frère. »

Le jeune comte de Bois-Gerfaut fut douloureusement surpris. Il avait peine à croire que sa sœur se fût décidée à quitter le château. Quant à Pauline, elle courut au jardin, afin de pouvoir pleurer à son aise.

« J'espère que vous ne refuserez pas de me confier cette chère enfant, Antonin; nous avons pour elle, ma fille et moi, une sincère affection; elle sera heureuse parmi nous.

— Je laisse ma sœur libre d'agir à sa guise, Madame; mais je ne vous cache pas que cet abandon de sa part me fait beaucoup de mal...

—Allons, mon cher ami, vous

exagérez les choses, reprit en souriant Mme de Mérainville; Claire
ne vous abandonne point; elle
reviendra vous voir. »

Lorsqu'il fut seul, Antonin
courut au jardin, où il savait
rencontrer Pauline. La jeune fille
vint tout en larmes se jeter dans
ses bras.

« Elle nous quitte donc?

— Demain, ma sœur.

— Oh! mon Dieu! mon
Dieu! »

Antonin oublia son propre chagrin pour calmer celui de sa sœur.

« Ne pleure pas, ma Pauline, nous la reverrons. »

Pendant ce temps-là, Claire de Bois-Gerfaut faisait ses préparatifs de départ. Elle était depuis assez longtemps dans sa petite chambre, lorsqu'un coup légèrement frappé vint lui annoncer une visite.

« Entre, chère Aurélie, » cria-t-elle, croyant que c'était sa cousine.

Elle devint toute rouge en apercevant Antonin sur le seuil.

« Ce n'est pas Aurélie, ma sœur: c'est moi. »

Antonin était fort ému; mais il s'efforçait de cacher son émotion sous un air de froide indifférence. Claire, visiblement embarrassée, jouait avec les rubans de son tablier pour se donner une contenance. Le jeune homme jeta un rapide regard autour de lui, et, en voyant les malles et les paquets encombrer la chambre, il poussa un profond soupir.

« Il est donc bien vrai, tu nous quittes, Claire ? »

La voix d'Antonin était si pleine de douceur et de tristesse, que la jeune fille sentit comme un remords en son âme.

Elle se tut.

« Enfin tu crois que le bonheur se trouve plutôt là-bas que parmi nous. Puisses-tu ne pas te tromper ! Mais, Claire, il m'est pénible de penser que tu as sitôt oublié le serment fait à notre bonne mère mourante, et renouvelé un mois après sa mort, dans la chambre qui reçut son dernier soupir. »

Antonin parla longtemps.

La jeune fille baissait les yeux, elle était attendrie. Deux voix parlaient à son cœur : l'une, celle de son bon ange, lui criait : Reste ! l'autre, celle du tentateur, lui disait : Pars !

Claire resta sourde à la voix de son céleste gardien.

Comme les voyageurs devaient se mettre en route de grand matin, on se coucha de bonne heure. Antonin et Pauline embrassèrent leur sœur encore plus tendrement que de coutume avant de se quitter.

La chambre de Pauline et celle de Claire n'étaient séparées que par une cloison. La pauvre Pauline dormit mal, et souvent elle crut entendre Claire murmurer des paroles inarticulées et pousser de profonds soupirs.

Claire venait à peine de s'endormir, lorsqu'il lui sembla voir sa porte s'ouvrir lentement, puis une forme blanche entrer et avancer jusqu'à son lit. L'apparition écarta les rideaux qui l'entouraient, et Claire reconnut sa mère. Elle voulut crier; mais son cri s'arrêta dans sa gorge.

« Enfant parjure, dit une voix irritée, ne crains-tu pas que Dieu ne te punisse pour avoir méconnu tes promesses? »

Puis la vision disparut. Claire

s'éveilla en sursaut. Ce n'est qu'un rêve, se dit-elle en se rassurant; les morts ne sortent pas de leurs tombes.

Toutefois la jeune fille ne put se rendormir: elle ne ferma plus l'œil de la nuit; c'est pourquoi Pauline l'entendit gémir et soupirer.

Le lendemain, à huit heures précises, Claire de Bois-Gerfaut montait avec ses cousines dans la chaise de poste qui avait amené ces dernières au château.

Elle ne put s'empêcher de verser quelques larmes douloureuses en disant adieu à son frère, à sa sœur, et même à la pauvre vieille Yvonne, qui l'avait élevée. Elle pleura encore en voyant disparaître chaque village, chaque bourg, chaque ville de son pauvre pays de Bretagne, qu'elle avait jadis tant aimé !

Mais un mot magique, revenu à sa pensée, sécha ses pleurs : Paris.

Quand Claire eut perdu de vue

le dernier des clochers à jour de l'Armorique, elle retrouva sa bonne humeur et ses sourires.

Antonin et Pauline se trouvaient bien seuls, les pauvres enfants; ils pensaient souvent à l'ingrate qui les oubliait, et jamais son nom ne venait sur leurs lèvres sans qu'une larme brillât dans leurs yeux.

Oh! c'étaient de grands cœurs, que ceux d'Antonin et de Pauline, des cœurs généreux et aimants!

Claire écrivait souvent d'assez longues lettres; il y avait tant à dire sur un sujet tel que Paris ! Elle se trouvait au comble de la joie; les plaisirs et les fêtes se multipliaient pour l'enivrer.

Pauline, elle, visitait les malades, les pauvres; elle séchait des pleurs; elle faisait naître autour d'elle des sourires de bonheur et de reconnaissance. Et pourtant on eût envié Claire, on eût plaint Pauline ! Mais aux yeux de Dieu, combien le sort de celle-ci était plus digne d'envie !

IV

Près de deux ans s'étaient écoulés. Pauline était alors une belle jeune fille. Claire continuait à habiter Paris, et paraissait de plus en plus enchantée de son sort; mais ses lettres devenaient de plus en plus rares. Un jour, elle apprit à son frère et à sa sœur le mariage de sa cousine ; depuis un mois Aurélie habitait Marseille avec son mari.

Puis trois mois se passèrent avant qu'Antonin et Pauline reçussent aucune nouvelle de Claire. Cette fois ce fut Mᵐᵉ de Mérainville qui écrivit.

« Mon cher enfant, disait-elle
« à Antonin, un parti conve-
« nable se présente pour votre
« sœur. J'espère que vous ne re-
« fuserez point votre consente-
« ment à son mariage. M. Mel-

« lier, qui sollicite sa main, est
« un jeune homme aussi recom-
« mandable par ses qualités per-
« sonnelles que par la position
« de la famille à laquelle il ap-
« partient; il est riche, il aime
« votre sœur; Claire ne peut
« donc manquer d'être heureuse
« avec lui. »

Cette lettre jeta Antonin dans
une grande perplexité.

« Ma bonne Pauline, dit-il à
la jeune fille, je tremble pour
notre sœur. Ma mère goûtait peu

M™ de Mérainville, et sans doute ce n'était pas sans raison; car elle était trop sage et trop bienveillante pour rompre avec une parente sur de simples préventions. Que n'ai-je eu le courage de lui refuser Claire !

Antonin courut chez le vieux prêtre qui desservait le petit village de Saillé; c'était l'ami de sa famille : il lui communiqua la lettre de sa parente.

« Mon cher enfant, lui dit le saint prêtre, allez à Paris; tâchez de prendre des informations exactes sur M. Mellier. S'il est digne de votre sœur, vous consentirez à son union; sinon, vous ferez tous vos efforts pour empêcher qu'elle n'ait lieu. »

Antonin remercia le bon vieillard, et revint annoncer son départ à Pauline.

La pauvre enfant pensait avec peine à sa triste solitude pendant l'absence de son bon frère; mais elle aimait trop sa sœur pour chercher à le retenir.

Le jeune comte de Bois-Gerfaut se mit en route. Deux jours après il était à Paris. En arrivant, il courut à l'hôtel de Mme de Mérainville, rue du Helder.

Il s'arrêta à la loge du concierge, et demanda Mme de Mérainville.

« Madame n'est pas ici, Monsieur.

— N'y a-t-il personne à l'hôtel ? demanda Antonin surpris.

— Personne, Monsieur, toute

la famille est partie hier avec les jeunes mariés.

— Les jeunes mariés ! répéta Antonin en pâlissant.

— Eh ! oui, la nièce de Madame s'est mariée hier avec un beau jeune homme qui habite je ne sais trop quel endroit aux environs de Paris, et tout le monde est allé conduire la jeune femme chez son mari. »

Antonin était atterré.

Il glissa une pièce dans la main du concierge, et s'enfuit.

Mariée ! mariée ! répétait-il. On me demande mon consentement, et on ne l'attend pas. O Claire, Claire, imprudente enfant, puisses-tu ne jamais te repentir d'avoir méprisé mes conseils et oublié ta promesse !

Antonin de Bois-Gerfaut, le cœur brisé, reprit la route de Bretagne ; ce ne fut qu'auprès de la douce et sage Pauline qu'il retrouva le calme et le bonheur.

Mais elle aussi était bien inquiète sur le sort de sa sœur.

Un mois après le retour d'Antonin, il reçut une lettre de M. Mellier, qui réclamait la part d'héritage de sa femme.

Le jeune comte fit aussitôt faire une estimation de ce qu'ils possédaient, et envoya à M. Mellier ce qui revenait à sa femme. Depuis ce temps ils restèrent sans aucune nouvelle de celle-ci. Les jours, les mois, les années s'écoulèrent; Claire de Bois-Gerfaut semblait avoir entièrement oublié l'existence d'un frère et d'une

sœur qui la chérissaient tendrement, et dont l'âme était brisée
par son silence.

V

Par une froide soirée de janvier, la grande salle à manger du château de Bois-Gerfaut réunissait une joyeuse compagnie autour d'une grande table, où se montrait, entre autres plats de dessert, un gâteau gigantesque.

« A moi, à moi la fève ! criaient deux ou trois voix argentines.

— Si c'est moi qui ai la fève, dit une petite fille blonde, rose et bouclée, M. le curé sera le roi. »

On *cassait le gâteau* à Bois-Gerfaut. L'assemblée était présidée par un vénérable prêtre, l'ami de la maison. A sa gauche et à sa droite on voyait deux belles jeunes personnes : l'une, Mme Pauline de Bois-Gerfaut ; l'autre, sa belle-sœur, la charmante Léontine de Kernel, mariée depuis six ans au comte Antonin. Le reste de la réunion se composait de quelques amis et de la famille de la jeune comtesse.

La jolie enfant aux boucles blondes, qui voulait partager les honneurs de la royauté avec le vieux prêtre, était la fille d'Antonin ; elle avait cinq ans.

« Pourquoi donc cette grande part du gâteau reste-t-elle sur l'assiette ? se demandaient les enfants, tout en cherchant dans la leur si la fève tant désirée ne s'y trouvait pas.

— C'est la part du pauvre, répondit la petite Claire, tandis qu'elle montrait triomphalement la fève qu'elle venait de retirer de sa bouche : c'est moi, c'est moi qui l'ai, ajouta-t-elle : Monsieur le curé, vous êtes le roi. »

Le bon vieillard, tout souriant, s'apprêtait à répondre à la petite fille, lorsque la porte de la salle s'ouvrit, livrant passage à Yvonne, notre ancienne connaissance, qui vint tout doucement dire quelques mots à l'oreille de Pauline, laquelle devint toute pâle et se leva précipitamment.

« Qu'est-ce donc, chère sœur? demanda Mme de Bois-Gerfaut.

— Mon Dieu! c'est tout bonnement une malheureuse femme qui vient réclamer sa part de gâteau, » répondit-elle en s'esquivant.

Dans une chambre voisine deux servantes s'empressaient autour d'une pauvre femme évanouie.

« Eh bien, notre demoiselle? » fit Yvonne en la désignant du doigt à Pauline qui entrait.

Mme de Bois-Gerfaut poussa un grand cri, et, se précipitant vers la malheureuse femme, elle la serra dans ses bras en l'inondant de ses larmes.

« Claire! ma pauvre Claire! reviens à toi! » disait-elle.

Claire ouvrit les yeux.

« Où suis-je, mon Dieu! murmura-t-elle.

— Claire, Claire, ne me re-
connais-tu pas?

— Oh! si, je te reconnais,
ma Pauline. Ah! chère sœur,
si tu savais combien Dieu m'a
punie!

— Je ne veux rien savoir aujourd'hui. Quand tu auras pris le
repos dont tu parais avoir grand
besoin, tu me diras comment il
se fait que depuis sept ans nous
n'ayons pas entendu parler de
toi.

Pauline conduisit sa sœur dans

son ancienne chambre, et, après l'avoir engagée de nouveau à se reposer, elle revint au salon, où tous apprirent avec bonheur le retour de l'enfant prodigue.

Le lendemain, Claire, remise de ses fatigues, raconta son histoire.

Elle avait été bien éprouvée, la pauvre Claire, elle avait payé bien cher ses folles illusions!

Le jeune homme que sa tante lui avait donné pour époux était un franc mauvais sujet. Peu de temps après son mariage, il avait emmené sa femme en Italie, et là ils avaient mené un train de grands seigneurs. En peu de temps leur fortune avait été engloutie, et les malheureux jeunes gens, complètement ruinés, étaient revenus en France. Eugène Mellier y était mort après avoir langui plusieurs mois, pendant lesquels Claire l'avait soigné avec une tendresse et un dévouement dignes des plus grands éloges et d'une meilleure récompense.

Claire, restée sans aucune ressource, ne sachant que devenir, avait songé à sa tante Mme de Mérainville. Mais celle-ci lui fit de sanglants reproches, l'accusa d'avoir dissipé la fortune de son mari, et refusa de lui venir en aide. Que pouvait faire la malheureuse jeune femme? Elle ne savait point travailler, elle manquait d'instruction.

Combien elle regretta alors de n'avoir pas, comme Pauline, su mettre à profit les leçons de son frère et d'avoir méprisé ses conseils !

Réduite à la plus affreuse misère, elle serait morte de faim, si Dieu n'eût suscité un ange pour la sauver en lui ouvrant les portes du repentir.

Lorsqu'elle eut raconté ses malheurs à la jeune et charitable dame qui l'avait secourue, celle-ci l'engagea fortement à retourner en Bretagne.

« Votre frère et votre sœur seront bien heureux de vous revoir, n'en doutez pas, Madame, lui dit-elle; puisqu'ils vous aiment tant, votre absence a dû leur faire beaucoup de mal. Allez, allez vers eux; votre retour les comblera de joie. »

Et Claire s'était mise en route, comblée des bienfaits de sa jeune libératrice.

L'émotion qu'elle avait ressentie à la vue des tourelles du vieux château où elle était née avait été si grande, qu'elle s'était évanouie. Un paysan, l'ayant trouvée étendue sur le sol dans ce triste état, l'avait transportée au manoir.

« Chère sœur, lui dirent Antonin et Pauline, avec nous tu oublieras tes années d'épreuves; tu verras que nous avons su trouver le vrai bonheur, dont tu peux encore prendre ta part.

— Ah! combien j'étais aveugle, mes bons amis, et que mes déceptions ont été amères! Mais que voulez-vous, c'est la main de Dieu qui a tout conduit, c'est cette main puissante qui m'a frappée dans sa justice parce que j'avais violé mon serment, tandis qu'elle a béni Pauline, qui a tenu la promesse sacrée faite à une mère mourante. »

. . . .

. . . .

.

. . . .

Deux ans après, à cette même solennité des Rois, on remarquait parmi les convives un prêtre et une religieuse. Le prêtre, c'était toujours le vieil ami de la famillo. La religiouso, o'était Clairo do Bois-Gorfaut, qui, portant depuis dix-huit mois la robo do buro dés filles do la Sagesso; soignait les malades à l'hospice do Guérando.

FIN

8529. — Tours, impr. Mame.